LA MÈRE IA POUR CE NOËL

Les PREMIÈRS CONTES DE NOËL pour les enfants de 3+ ans À L'ÈRE DE

L'INTELLIGENCE ARTIFICIELLE (AI)

Autrice

Yeeshtdevisingh Hosanee

Droit d'auteur

Édition : BoD · Books on Demand GmbH, In de Tarpen 42, 22848 Norderstedt (Allemagne)

Impression : Libri Plureos GmbH, Friedensallee 273, 22763 Hamburg (Allemagne)

ISBN : 978-2-3224-7862-0

Dépôt legal: Novembre 2024 (Envoyez à la BnF)

Loi n°49-956 du 16 juillet 1949 sur les publications destinées à la jeunesse, modifiée par la loi n°2011-525 du 17 mai 2011.

Remerciements

L'autrice exprime sa gratitude à sa famille et à ses amis pour leur soutien indéfectible tout au long de son parcours d'écriture. Elle remercie également BoD pour leur collaboration rapide et efficace. De plus, elle exprime sa reconnaissance à tous les parents, enfants et lecteurs de ce livre pour leur soutien.

Une Pensée Spéciale Pour Les Lecteurs

Chers Parents, Enfants et Lecteurs,

Ce livre est conçu pour inspirer et nourrir les compétences numériques pour les enfants. Parmi ces compétences, l'Intelligence Artificielle (IA) se distingue comme essentielle à la fois pour le présent et pour l'avenir. Je suis ravie de partager mes connaissances créatives dans ce livre pour initier nos futurs leaders, nos jeunes enfants, à ces concepts.

Dès l'instant où un bébé entre dans le monde, il ou elle commence à explorer la nature, la société et la technologie. Ce monde imparfait est une partie cruciale de leur développement, les aidant à construire la résilience, le bonheur et de solides compétences en raisonnement abstrait. Aujourd'hui, l'IA est un mécanisme logiciel vital pour favoriser ces compétences de raisonnement cognitif, préparant les enfants à devenir les grands leaders de demain.

J'espère que ce livre servira de ressource pionnière dans la littérature des enfants, améliorant leurs compétences de raisonnement. J'encourage aux parents à s'engager dans le récit de ces histoires à travers ce livre. Les exemples fournis sont destinés uniquement à des fins éducatives. Ils peuvent ne pas adhérer strictement aux pratiques culturelles réelles. Les parents sont encouragés à adapter ces exemples pour correspondre à leurs propres traditions et cultures. Merci d'être partie de cette communauté d'IA pour enfants grâce à votre achat.

Cordialement,

Y. Hosanee

Table des Matières

ANECDOTES

Les ordinateurs aiment partager autant que nous, les humains!

1. L' Introduction à la fête de Noël

Noël, célébré le 25 décembre, est une commémoration de la naissance de Jésus-Christ. Il combine des traditions religieuses avec des coutumes culturelles et séculières, telles que la décoration des sapins de Noël et l'échange des cadeaux. Ces coutumes séculières sont des pratiques sociales visant à créer une journée joyeuse et axée sur la famille.

Pendant la saison de Noël, décorer le sapin avec des amis et des membres de la famille favorise un environnement social paisible. À l'origine d'un festival chrétien, Noël s'est cependant transformé en une célébration largement répandue. Il apporte de la joie à beaucoup de gens qui peuvent ne pas l'observer religieusement mais l'apprécient pour son bénéfice dans la création de valeurs de cohésion sociale qui créent un lien entre les familles et les amis.

2. Le 25 DÉCEMBRE

Historiquement, le calendrier julien a été introduit par Jules César en 45 avant J.-C. (avant l'ère chrétienne), et Noël était célébré le 25 décembre chaque année selon ce calendrier. Cependant, au 16e siècle, il a été noté que le calendrier julien ne s'alignait pas correctement avec l'année solaire (le soleil), ce qui entraînait une discordance dans la date réelle de Noël. Cela signifiait que, selon le calendrier julien, Noël serait célébré à une date ultérieure au 25 décembre d'environ un jour tous les 128 ans.

Pour assurer la cohérence avec la célébration de Noël le 25 décembre, le pape Grégoire XIII a introduit le calendrier grégorien en 1582 pour rectifier le problème de dérive du calendrier julien. Cette réforme était nécessaire car le calendrier julien, qui ajoutait une année bissextile tous les quatre ans sans exception, faisait que le calendrier dérivait hors de sync avec l'année solaire d'environ un jour tous les 128 ans. Depuis cette rectification du calendrier julien, dans les pays qui ont adopté le calendrier grégorien, Noël est célébré le 25 décembre chaque année. Cependant, dans certains pays du monde ou régions, le calendrier julien est toujours un système primaire de calendrier. Dans ces pays ou régions, Noël est célébré à une date ultérieure dans le calendrier grégorien, qui correspond au 25 décembre dans le calendrier julien.

Mathématiquement parlant, en 1582, le calendrier julien était en retard de 10 jours sur le calendrier grégorien. Après 128 ans, en 1710, le calendrier julien était en retard de 11 jours sur le calendrier grégorien. Après encore 128 ans, en 1838, le calendrier julien était en retard de 12 jours sur le calendrier grégorien. Après un autre 128 ans, en 1966, la différence avait augmenté à 13 jours. On s'attend à ce que d'ici 2094, la dérive entraînera une différence de 14 jours. Par conséquent, actuellement, en 2024, la différence de 13 jours signifie que Noël est célébré le 7 janvier dans certains pays qui suivent le calendrier julien.

3. Le Père Noël

Que les humains suivent un calendrier grégorien ou julien, la croyance en un Père Noël pour les enfants reste une idéologie joyeuse pour les humains.

Les origines du Père Noël, ou Santa Claus, sont entrelacées avec la figure historique de Saint Nicolas, un évêque grec du 4e siècle renommé pour sa générosité et sa bonté. Au fil des siècles, la légende de Saint Nicolas a évolué, incorporant divers éléments culturels et mythologiques. La figure néerlandaise de Sinterklaas, basée sur Saint Nicolas, a joué un rôle pivot dans la formation de l'image moderne du Père Noël. Cette transformation a été encore influencée par des œuvres littéraires et des illustrations, telles que le poème de Clement Clarke Moore "A Visit from St. Nicholas" en 1823 (Hunter, 2016; Sonne, 1972) et les dessins iconiques de Thomas Nast en 1862 (Twain, 2021), qui ont cimenté l'image joyeuse et bordée de fourrure du personnage distribuant des cadeaux la veille de Noël. Aujourd'hui, le Père Noël incarne l'esprit de don et de joie qui est central à la célébration de Noël.

Il existe de nombreuses traditions et théories qui expliquent pourquoi le Père Noël arrive le 25 décembre. Sans entrer dans les spécificités de ces traditions et théories, elles contribuent toutes à une journée de paix et de joie. Ces traditions et théories à travers le monde, avec le bénéfice d'une journée joyeuse, ont fait de Noël une partie significative et harmonieuse de la culture mondiale, même avant que la technologie n'atteigne son niveau actuel d'avancement.

4. La TECHNOLOGIE pour l'égalité DES HOMMES et Des FEMMES

Dans les temps anciens, lorsque Saint Nicolas partageait des cadeaux, il était admiré comme un idole. En tant qu'homme à cette époque, il avait les moyens de trouver et de partager des cadeaux avec les enfants. Pendant cette ère, les femmes n'avaient pas les mêmes opportunités ; leurs rôles étaient largement confinés au foyer. Si les femmes avaient eu les mêmes chances, il pourrait y avoir aujourd'hui une figure de Mère Noël.

D'un autre côté, au 18e siècle et avant, la technologie n'était pas assez avancée pour offrir aux femmes des opportunités de travail au-delà des exigences physiques du secteur agricole, telles que la récolte, le transport de charges lourdes et la gestion du commerce. Avec le temps, les avancées technologiques ont non seulement encouragé la croissance économique mais ont aussi créé un équilibre entre le travail physique et mental. Cela a fourni aux femmes plus d'opportunités dans des domaines traditionnellement dominés par les hommes, tout en permettant aux hommes de poursuivre des carrières traditionnellement détenues par les femmes. Les efforts du système éducatif pour intégrer les deux genres ont encore contribué à ces opportunités égales. En conséquence, la société est devenue plus inclusive, avec les hommes et les femmes capables d'assumer une large gamme de rôles. Ce changement est symbolisé par l'idée que le Père Noël n'est plus seul; il a maintenant une Mère Noël à ses côtés, reflétant l'acceptation et la reconnaissance plus larges de l'égalité des genres dans la société moderne.

5. L'INTELLIGENCE ARTIFICIELLE dans l'égalité des genres

Ces dernières années, il y a eu un changement significatif vers la reconnaissance et la promotion de l'égalité des genres dans divers aspects de la société. Cette reconnaissance ne se limite pas au lieu de travail mais s'étend aux normes culturelles, aux opportunités éducatives et aux avancées technologiques. L'un des domaines clés où ce changement est évident est dans le développement et l'application de l'Intelligence Artificielle (IA). La technologie IA a joué un rôle crucial en fournissant aux hommes et aux femmes les mêmes produits et variations, particulièrement évident dans les secteurs du commerce de détail et de l'e-commerce, où les applications logicielles IA garantissent que les recommandations de produits et les publicités sont neutres en termes de genre, offrant des opportunités égales pour les hommes et les femmes d'accéder à une large gamme de biens et de services. De plus, l'IA incarne les valeurs de don et de partage, traditionnellement associées aux mères et aux pères, renforçant ainsi l'importance de l'égalité des genres dans la société moderne.

6. LA MÈRE IA et LE PÈRE NOËL POUR CE NOËL

Même au 18e siècle, les femmes en tant que mères ont toujours été une présence constante dans la vie de leurs enfants dès leur naissance. Contrairement aux pères, qui ne peuvent pas toujours être présents lors de la naissance d'un enfant en raison des politiques hospitalières ou d'autres circonstances, les mères ont toujours agi comme une sorte de "Mère IA", supervisant leurs enfants depuis la naissance ou même lorsqu'ils sont à la maison. Au 21e siècle, à mesure que la technologie a évolué, les femmes se sont vu offrir plus d'opportunités dans le monde, et ainsi les mères devraient être considérées autant que le Père Noël dans les traditions des fêtes. Par conséquent, au 21e siècle, les mères devraient être reconnues autant que le Père Noël.

Dans ce livre, la Mère IA guide un enfant pour suivre des routines quotidiennes de manière disciplinée mais encourage également l'enfant à rencontrer le Père Noël le 25 décembre. Seulement si l'enfant suit une liste magique, l'enfant sera-t-il en mesure de rencontrer le Père Noël. Le Père Noël vient le 24 et disparaît, mais parce que la Mère IA valide le comportement de l'enfant, dans cette histoire fictive, l'enfant se voit offrir la chance de rencontrer le Père Noël le 25.

Dans ce livre, les enfants découvrent la capacité de donner et de partager de la Mère IA qui est à l'intérieur d'un ordinateur. Elle ne sortira que le 25 décembre lorsque le Père Noël viendra rendre visite au garçon. Le Père Noël ne viendra que si le garçon suit la liste magique.

Les CONTES

13 Décembre

14 Décembre

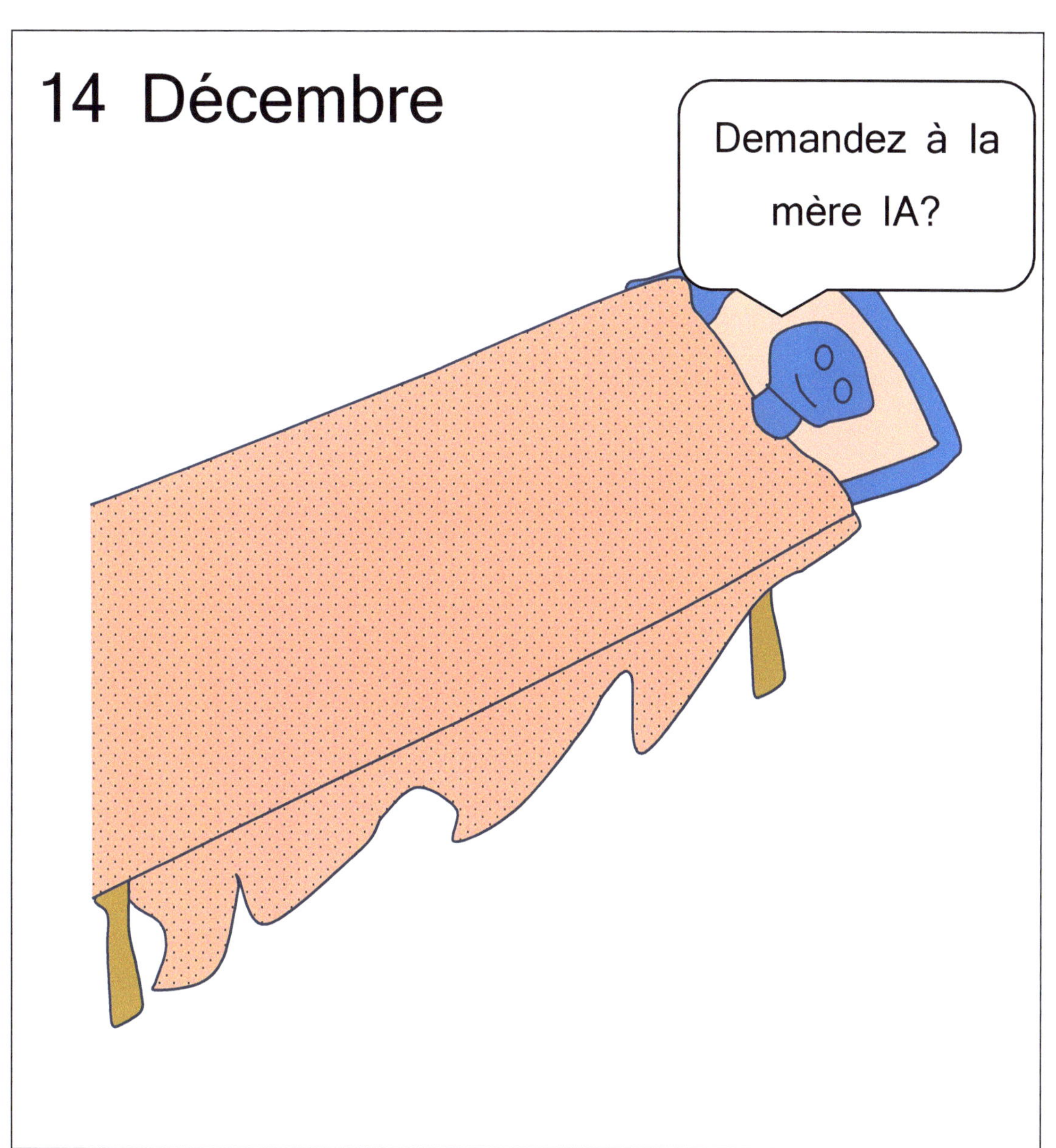

15 Décembre

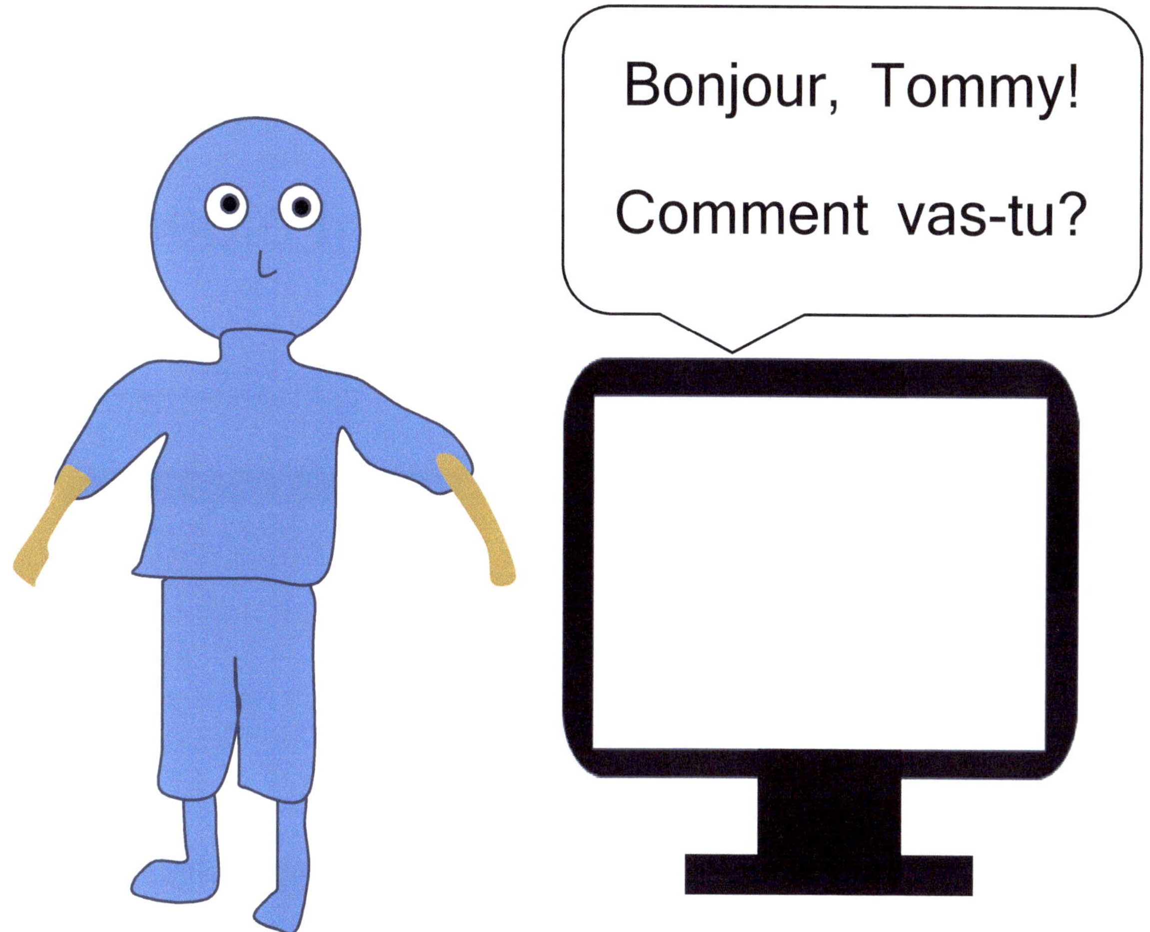

Bonjour, Tommy!
Comment vas-tu?

Je vais bien!
Comment puis-je t'aider?

Hmm…!
Savez-vous si le Père Noël viendra cette année?

As-tu suivi la LISTE MAGIQUE du Père Noël?

19

Hmm...!
Laquelle? Je ne vous suis pas!
Vérifiez sur la table, la LISTE est s'y trouve!

La LISTE MAGIQUE du Père Noël

1er Jour: Manger une pomme

2em Jour: Manger un orange

3em Jour: Nettoyer sa chambre

4em Jour: Faire son lit

5em Jour: Aider dans la cuisine

6em Jour: Éteindre son téléphone portable

7em Jour: Éteindre la télévision

8em Jour: Dessiner dans un cahier

9em Jour: Aller se coucher tôt

10em Jour: Noël

Hmm...!
Êtes-vous sérieux? La liste magique est tellement... ennuyeuse!
Vous n'avez pas le choix! Les règles sont les règles!

Okai......
J'essaierai, alors!
Bon garçon!
Au revoir!

16 Décembre (1er Jour: Mangez une pomme)

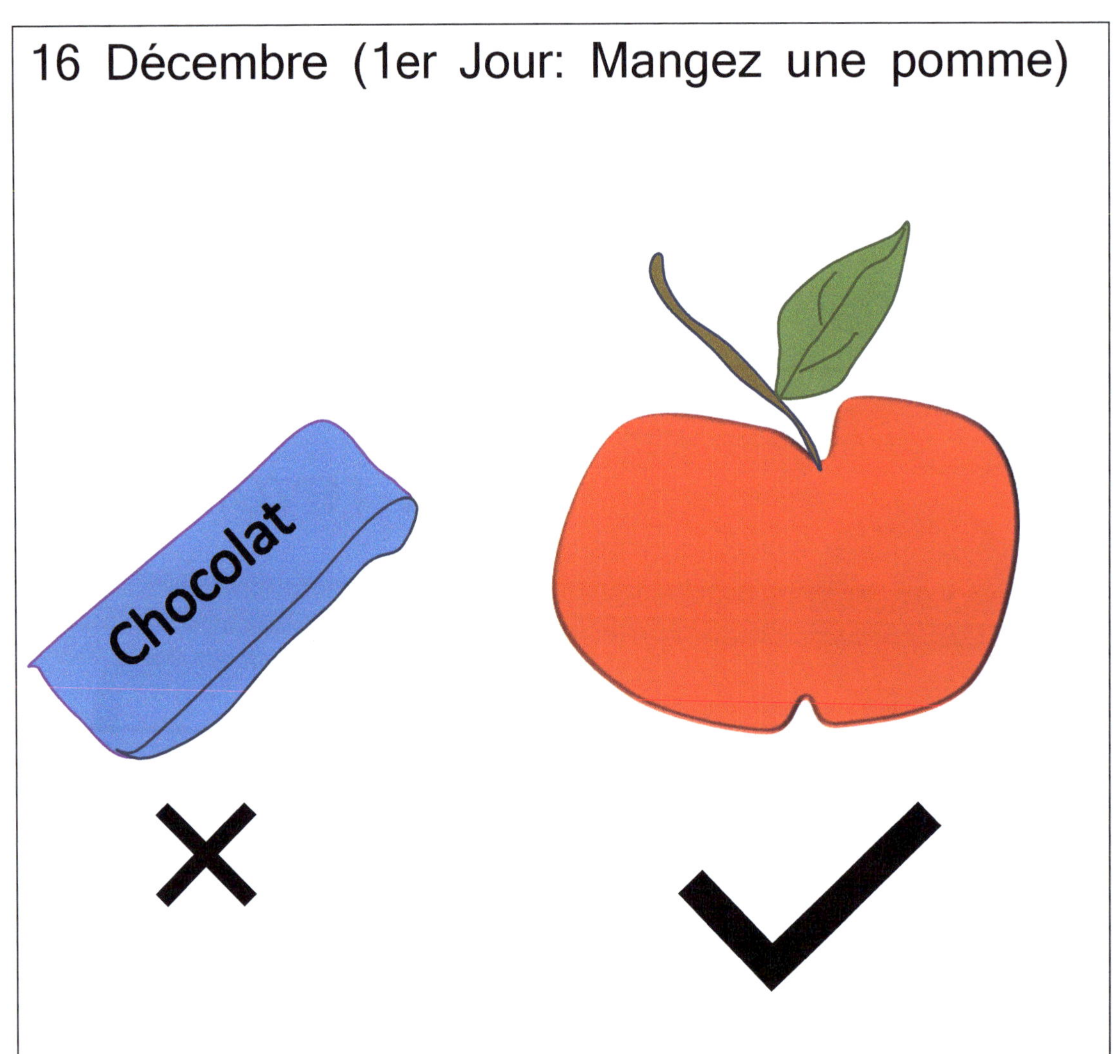

17 Décembre (2em Jour: Manger un orange)

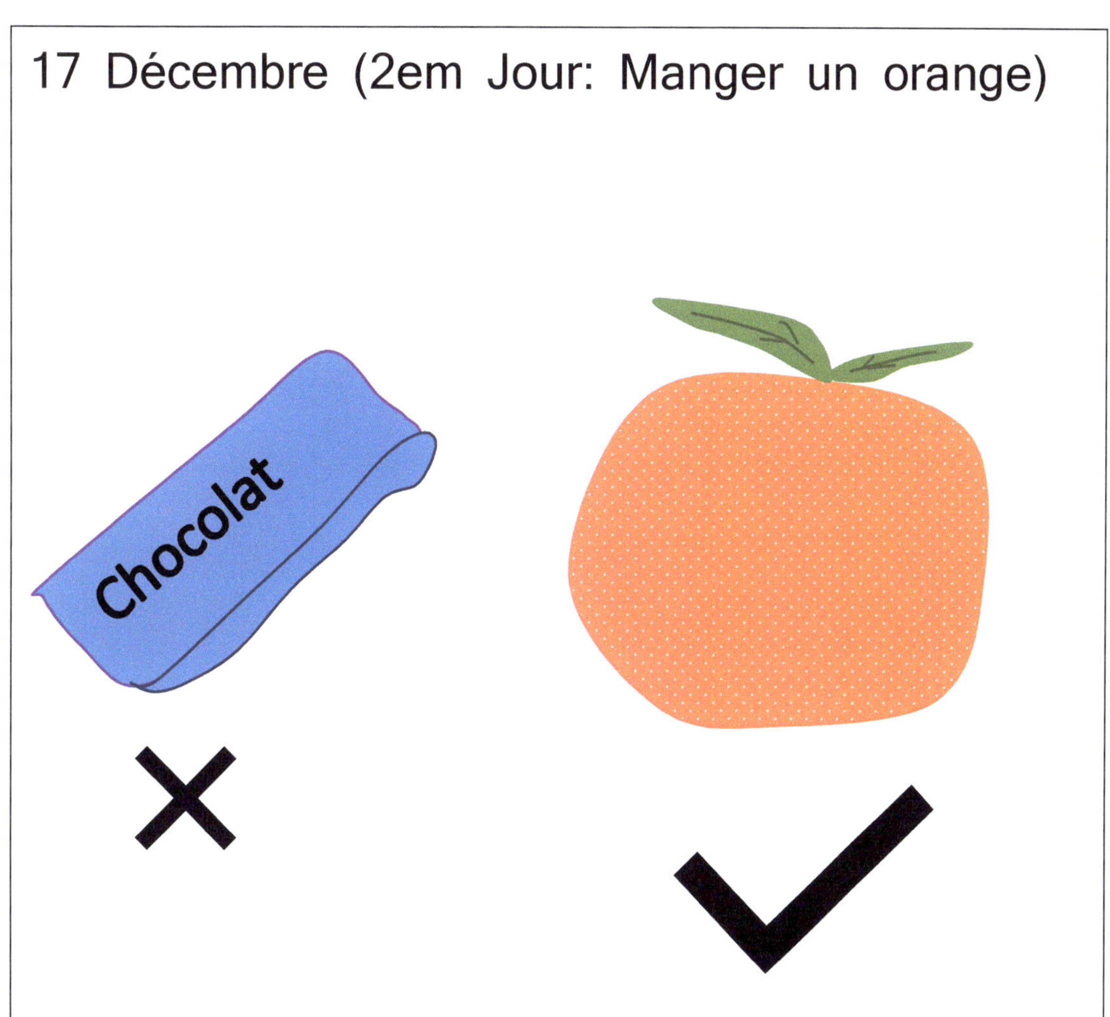

18 Décembre (3em Jour: Nettoyer sa chambre)

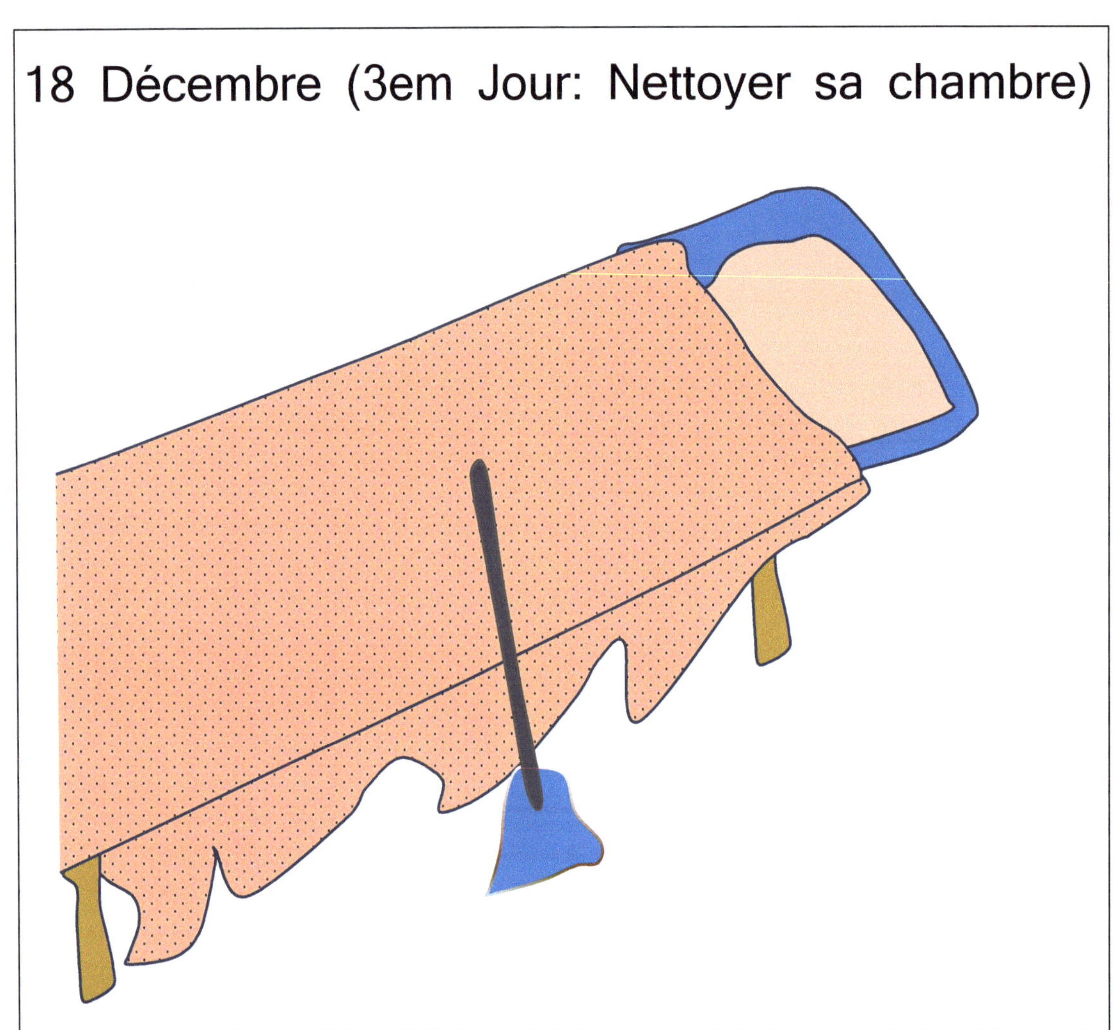

19 Décembre (4em Jour: Faire son lit)

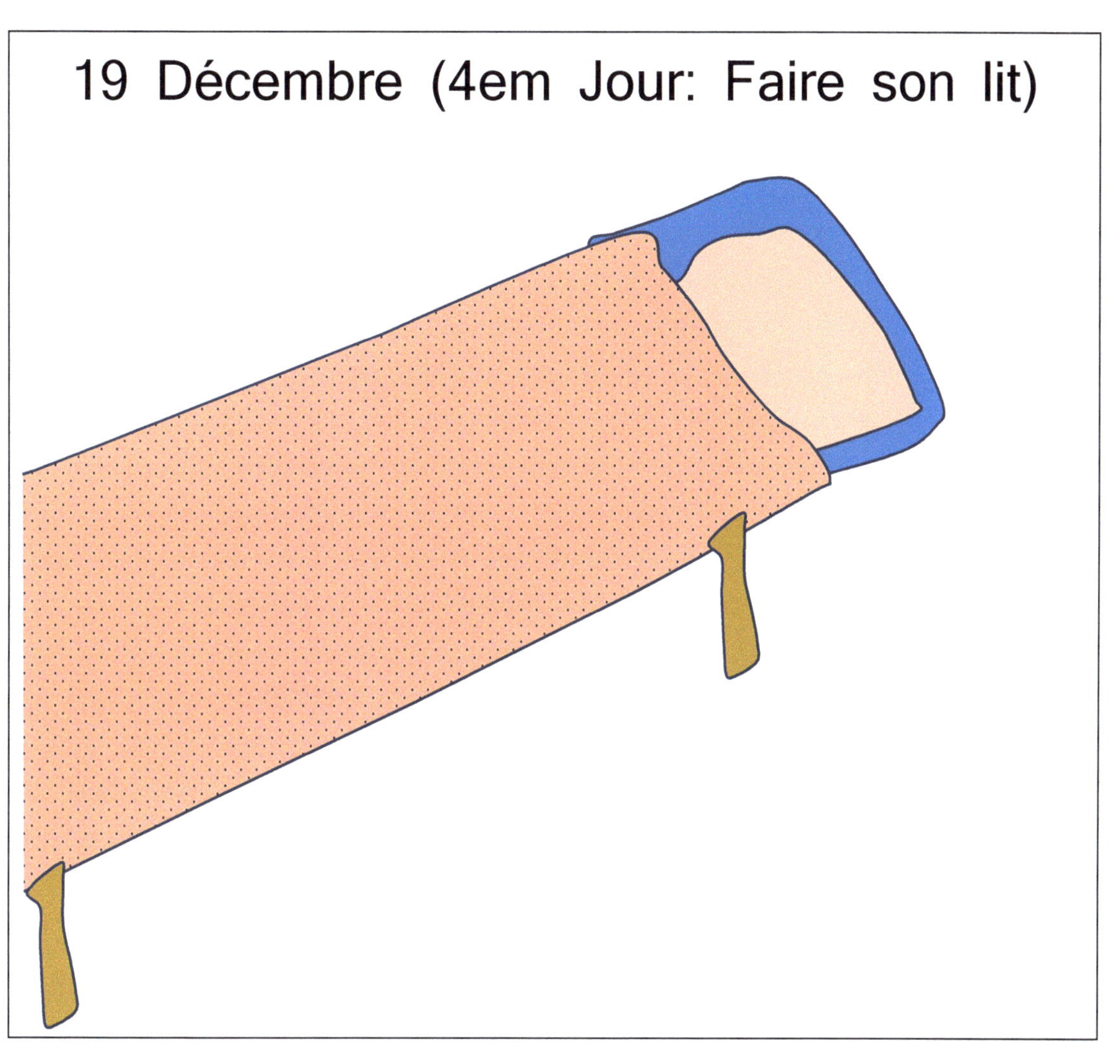

20 Décembre (5em Jour: Aider dans la cuisine)

21 Décembre (6em Jour: Éteindre son téléphone portable)

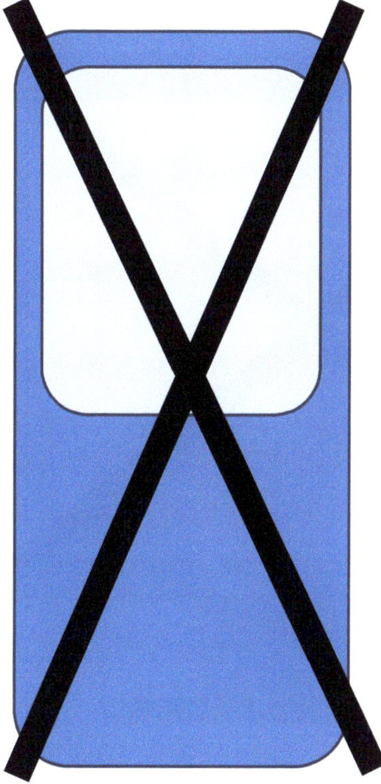

22 Décembre (7em Jour: Éteindre la télévision)

23 Décembre

(8em Jour: Dessiner sur du papier)

24 Décembre (9em Jour: Dormir Tôt)

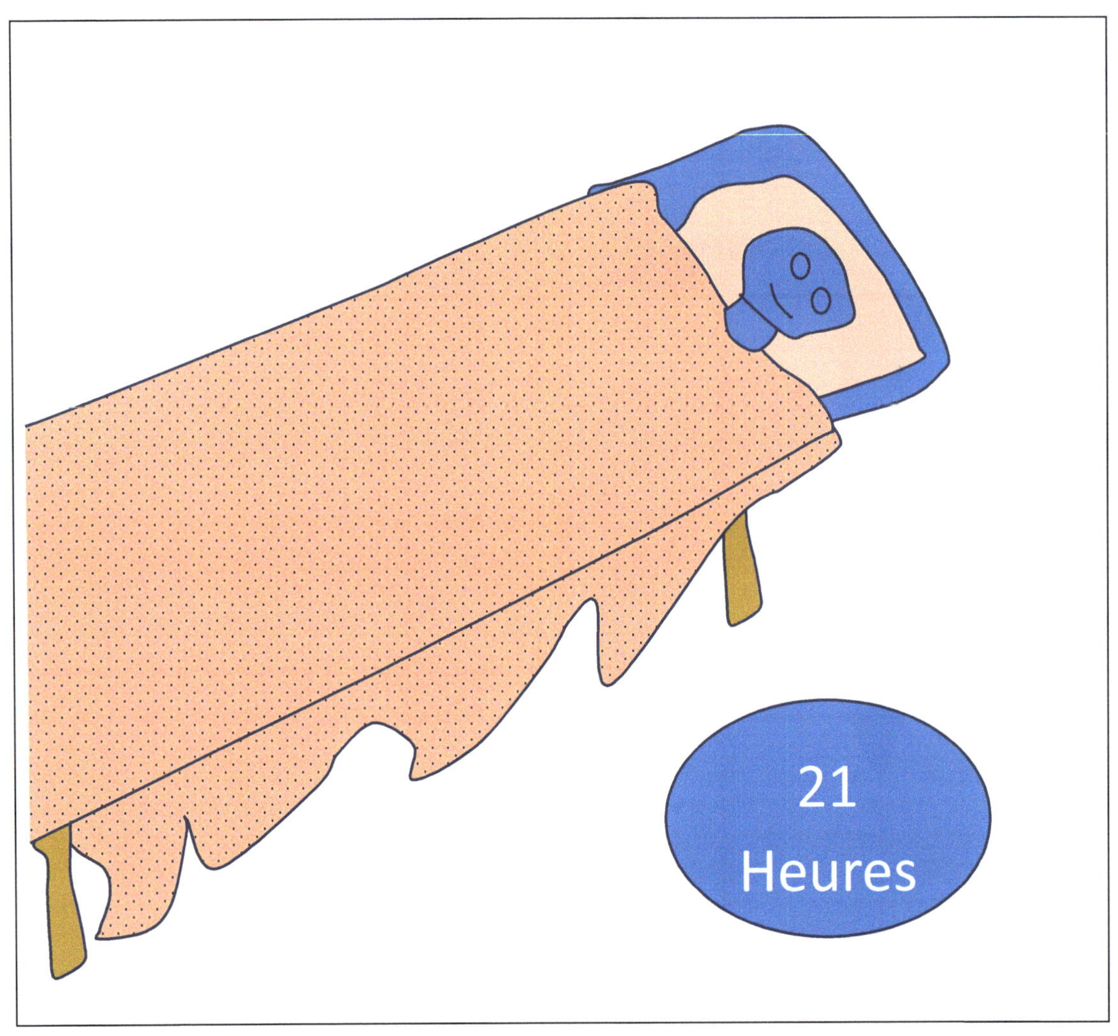

25 Décembre (10em Jour: Noël)

Le Père Noël

Au revoir!
Merci!

La Mère IA

La Mère IA dans l'ordinateur

À bientôt! L'année prochaine!

25 Décembre

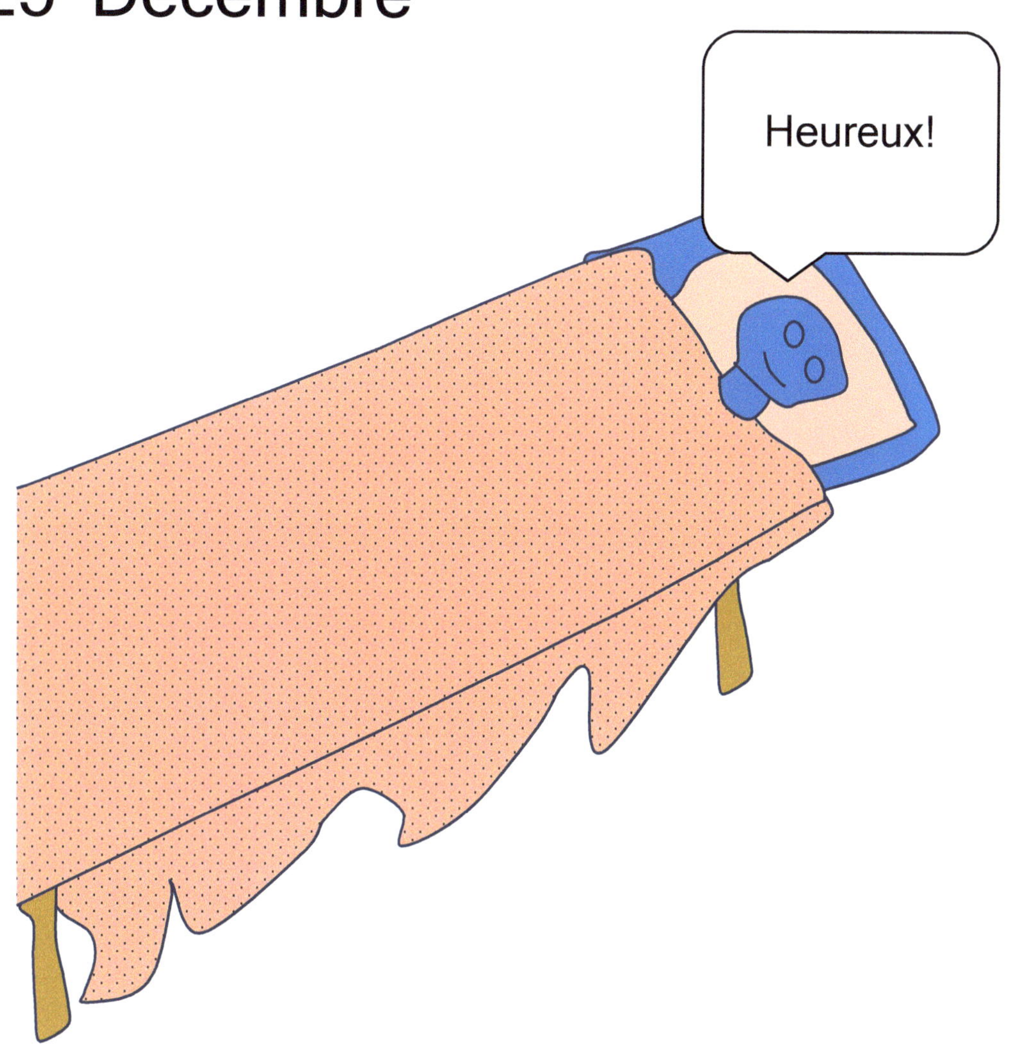

26 Décembre

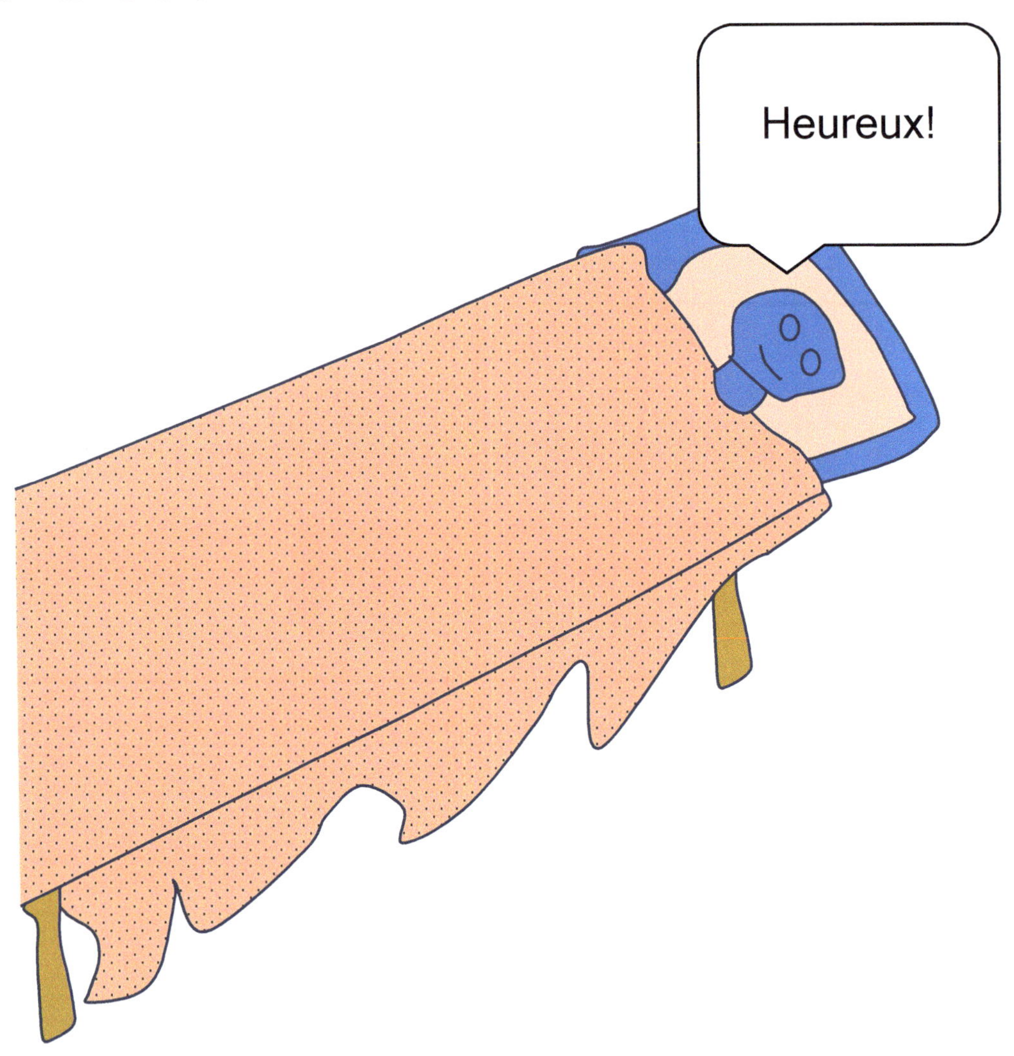

JOYEUX NOËL !

La FIN Des Contes!

MERCI!

La liste des publications de l'autrice

Table 1 Yeeshtevisingh Hosanee Liste des publications

	Titre	Année de publication	Cible	ISBN
1.	PYTHON IN ONE WEEK	2010	20+	Live Locale à Maurice (co-auteur)
2.	An enhanced software tool to aid novices in learning Object Oriented Programming (OOP)	2015	20+	Article académique
3.	The need to teach object-oriented programming in undergraduate courses	2015	20+	Article académique
4.	Using different assessment screens to evaluate students' Object-Oriented Programming (OOP) skills	2015	20+	Article académique
5.	Is prior knowledge necessary for undergraduate computing courses? A study of courses offered by Mauritian universities	2015	20+	Article académique
6.	The implementation of a 2 user proficiency level novice OOP software tool", published in Emergitech2016 conference (Mauritius) – published on	2016	20+	Article académique
7.	Teaching English Literacy to Standard One Students: Requirements Determination for Remediation Through ICT, published in Emergitech2016 conference (Mauritius)	2016	20+	Article académique

8.	The analysis and the need of ubiquitous learning to engage children in coding- published in 28-30 Nov 2018 conference	2018	20+	Article académique
9.	Teaching an IT industry programming language to children of 10 years old- MRIC post-graduate conference 2020	2020	20+	Article académique
10.	The Tabular API Testing Framework: used with JMeter and Microsoft Excel VBA	2021	20+	Article académique
11.	APRAN PROGRAMMING DANS PYTHON (learn programming in Python, english version)	2021	10+	9789994908653
12.	Learn Python Programming	2022	10+	9789392274787
13.	Learn Java Programming	2022	10+	9789392274770
14.	Machine Learning: The 10 Classifiers In Python	2023	10+	9789392274893
15.	Artificial Intelligence: The 10 Examples In Python	2023	10+	9789392274558
16.	Artificial Intelligence - The Python Chatbot in Australia	2024	10+	9781923020566
17.	Diwali Celebration In Python	2024	8+	9789363555174
18.	Diwali Celebration In Python (French)	2024	8+	9789363553040
19.	Mother AI For This Christmas	2024	3+	9789363557147

Awards

Table 2 Yeeshtdevisingh Hosanee's Listes et ces awards

	Categorie	Award	Année	Organisation/Site
1.	Drama	Pièce de théâtre en tamoul	2013	Ministry Of Arts, Mauritius
2.	Peinture	Certificat	2013-14	Mauritius
3.	Gymnast	Médailles de bronze	2014-14	Mauritius Gymnastics Federation
4.	Projet de recherche	MT180 Mauritius	2019	Campus Numérique Francophone (CNF) de Réduit with AUF Global
5.	Travail communautaire	JCI TOYP 2022	2022	JCI Mauritius
6.	Travail communautaire	Top 30 finaliste parmis 200 candidats du monde pour JCI TOYP WORLD 2022	2022	JCI TOYP WORLD
7.	5+ Livre	Finaliste	2024	American writing Awards (USA)
8.	20+ Livre	Gagnante in Digital Category	2024	International Impact Book Awards (USA)
9.	20+ Livre	ABLE Golden Book Award	2024	Author Expo (Australia)

Où trouvez l'autrice?

Table 3 Coordonnées de Yeeshtevisingh Hosanee

	Où?	Année
1.	LinkedIn	Yeeshtdevisingh Hosanee
2.	Instagram et Twitter	YEEHOS

References

Hunter, E. R. (2016). A Chaplain's Hospital Holiday: [Based on Clement Clarke Moore's 1823 poem:'A Visit from St. Nicholas']. *Journal of Pastoral Care & Counseling, 70*(1), 101-102.

Sonne, N. H. (1972). The Night Before Christmas": Who Wrote It? *Historical Magazine of the Protestant Episcopal Church, 41*(4), 373-380.

Twain, M. (2021). Mark Twain and Thomas Nast: The Friendship and Correspondence of the Writer and the Cartoonist. *Mark Twain Journal, 59*(1), 11-30.

FSC
www.fsc.org
MIXTE
Papier issu
de sources
responsables
Paper from
responsible sources
FSC® C105338